KB098953

틀렸다

국립중앙도서관 출판예정도서목록(CIP)

틀렸다 : 나태주 시집 / 지은이: 나태주. ─ 대전 : 지혜 :
애지, 2017
    p. ;   cm. ─ (J.H classic ; 009)

ISBN 979-11-5728-219-7 03810 : ₩10000

한국 현대시[韓國 現代詩]

811.7-KDC6
895.715-DDC23   CIP2017003568

J.H CLASSIC 009

틀렸다

나태주

지혜

시인의 말

내 마음의 아이에게

아이야, 고마워.
내 마음속에 네가 살고 있어서
나는 쉬지 않고 숨을 쉴 수 있고
또 시를 쓸 수도 있단다.

언제나 먼 곳을 꿈꾸고
언제나 낯선 것들을
그리워하는 너,

결코 나는 한번도 너를
만난 일은 없지만
시를 쓸 때, 시를 생각할 때,
언뜻언뜻 너의 뒷모습을 보곤 하지.

앞으로도 오래
내 마음속에서 떠나지 말고
나와 함께 살아주기를 바란다.

2017년 봄을 기다리며
나태주

차례

시인의 말 ─────────────── 5

1부

시인 무덤 ─────────────── 14
생명 ─────────────────── 15
사진 ─────────────────── 16
반성 ─────────────────── 17
친구 ─────────────────── 18
로드 킬 ───────────────── 19
첫 여름 ───────────────── 20
데드 마스크 ─────────────── 21
마른 입술 ──────────────── 22
취소 ─────────────────── 23
시집 묶는 마음 ───────────── 24
카톡 ─────────────────── 25
딸년 ─────────────────── 26
돛단배 ───────────────── 27
1년 ─────────────────── 28
시 ──────────────────── 29
한산세모시 ─────────────── 30
의자 ─────────────────── 31
낙타도 없이 ────────────── 32
천사 ─────────────────── 33
입술 ─────────────────── 34
사랑 ─────────────────── 35
축원 ─────────────────── 36
함께라면 ──────────────── 37
촉 ──────────────────── 38

가족 · 1 ——————— 39
백자 ——————— 40
핑계 ——————— 41
늙은 시인 ——————— 42
재회 ——————— 43
아내 ——————— 44
다리 위 ——————— 45
어린아이 ——————— 46
팁 ——————— 47
가족 · 2 ——————— 48
세월 ——————— 49
명예 ——————— 50
바다 ——————— 51
엄마 ——————— 52
잉크 빛 ——————— 53
가을날 ——————— 54
회고록 ——————— 55
선뜻 ——————— 56
제주 올레 ——————— 57
눈빛 ——————— 58
가을 산 ——————— 59
선물 ——————— 60
공주풀꽃문학관 ——————— 61
겨울밤 ——————— 62
날마다 ——————— 63
너 ——————— 64

2부

여행길 ——————————— 66
다만 사랑으로 ——————— 67
사는 일이란 ——————————— 68
자전거 ——————————— 70
틀렸다 ——————————— 71
길을 쓸면서 ————————— 72
응답 ——————————— 73
지상의 시간 ——————— 74
최고의 인생 ——————— 75
걱정하는 사람 ——————— 76
섬진강 · 1 ——————————— 77
섬진강 · 2 ——————————— 78
섬진강 · 3 ——————————— 79
봄밤 ——————————— 80
또 그립다 ——————————— 81
잘람잘람 ——————————— 82
그 여자 ——————————— 83
게 ——————————— 84
도화동 ——————————— 85
골목식당 ——————————— 87
태극기 다는 날 ——————— 88
수목장 ——————————— 90

3부

날이 저문다 94

공주, 맑은 날 95

아파트 9층 96

고통 97

새해의 소망 99

좋은 꽃 100

전화 101

패키지여행 102

그러므로 103

네 그렇게 104

화엄 · 1 105

화엄 · 2 107

잃어버린 시 109

적막 110

그러함에 사랑이여 111

미황사 112

야성 113

망할 놈의 흰 구름 115

애벌레 116

아침의 소포 117

시인 118

부부 119

제자 120

4부

이별 앞에 ──────── 122
네가 오는 날 ──────── 123
담 모퉁이 ──────── 124
마른 손 ──────── 125
어린 사랑 ──────── 127
재회 ──────── 128
오후의 시간 ──────── 129
바람 부는 날이면 ──────── 130
그만큼 ──────── 131
낙화 ──────── 132
어쩌면 좋으냐 ──────── 133
연인 ──────── 134
봄이니까 ──────── 135
날씨 좋다 ──────── 136
귀걸이 ──────── 137
진행형 ──────── 139
별 ──────── 140
향기 ──────── 141
맹목 ──────── 142
어디만큼 가서 ──────── 143

5부

눈, 매화 ———————————— 146
찔레꽃 ————————————— 147
노루발풀꽃 ———————————— 148
매화 꽃 아래 ———————————— 149
다알리아 ————————————— 150
산수유 ————————————— 151
오늘의 꽃 ———————————— 152
붉은 입술 ———————————— 153
우체통 곁에 ———————————— 154
더러는 ————————————— 155
고향 —————————————— 156
프리지어 ————————————— 157
별처럼 꽃처럼 ——————————— 158
풋잠 —————————————— 159

해설 • 인생은 틀리고 시는 옳았다 • 이형권 ———— 162

• 일러두기
  한 연이 첫 번째 행에서 시작될 때는 > 로 표시합니다.

1부

시인 무덤

날마다 쓰는 시가
그대로 무덤인데
무슨 무덤을 또
남긴단 말이냐!

생명

살아있는 모든 것들은
바닷물 위에
잠시 떠오른 자갈돌

오래 오래 떠 있고 싶어도
제 몸이 무거워
가라앉고 만다.

사진

아직도 너는
내 마음의 주인이야

쉽게는 내 마음을
떠나지 마.

반성

아니란 것을
알았으니
된 것이다

된다는 것을
알았으니
더욱 된 것이다.

친구

처음 만났지만
오래 만난 것 같고

오래 만났지만
새로 만난 것 같은 사람

당신을 오늘 나는
친구라 부른다.

로드 킬

와우!

자동차 안까지
번져오는 피 내음

이번에는
큰놈이다

아니다
나다.

첫 여름

벗은 발
벗은 팔

오로지
꽃송이를 문
꽃 대궁

쿨렁쿨렁
하늘로 물 올리는
소리도 듣는다.

데드 마스크

더 없이 편안하고
좋은 얼굴

어머니 뱃속에서 나올 때
데리고 나온 얼굴

그 얼굴 하나 만나려고
그렇게 오랜 날 힘겹게
살았던 거다.

마른 입술

봄 햇살
봄 바람

더 보고 싶어

마른 입술
마른 침

마음이 아파.

취소

사랑한다
애야

왜
기분 나쁘냐?

그렇다면
취소.

시집 묶는 마음

시집 한 권 한 권이
한 사람씩 일평생인데
열 권 스무 권 시집을 쌓아놓고
끈으로 묶다니……

시집 묶는 마음이 꼭
송장을 줄을 세워 묶는 것 같다.

카톡

당신,
아직 나를 잊지 않으셨군요

별을 보면서
글을 보낸다구요?

반짝반짝 당신은 오늘도
나에게 별빛입니다.

딸년

새끼손가락
새끼발가락
사랑스러움
안쓰러움

사람은 언제부터 그렇게
작은 것에 목메어
살았었던가.

돛단배

방바닥 위에
동동 떠 가는
두 개의 꽃잎

어려서
어려서 딸아이
맨발.

1년

떠난 지 1년
까마득한 기억

만난 지 1년
엊그제 같은 느낌

나는 어느 쪽을 더
사랑한 것일까…….

시

돌아서 돌아서
머뭇거리지 말고
빠르게 곧장 오너라
준비 차리지 말고 오너라

그래야 사랑이
사랑이지
그래야 시가 시
아니겠느냐.

한산세모시

누나의 알몸은 눈부셨다
리아스식 해안은 새하얗고
파도는 저 혼자서도
연달아 몰려와서
부서져 죽었다.

의자

그냥 좀
앉아 있고 싶다

줄 위에 앉은
비둘기처럼

그냥 잠시
쉬었다 가고 싶다.

낙타도 없이

　　— 윤효 시인

우리 함께
사막을 건너요

이 세상.

천사

우리 손자 어진이 소원은
엄마가 새로 생기는 일

우리 집사람 소원은
며느리가 새로 생기는 일

한몫에 두 사람의 소원을
들어주신 하나님 감사합니다.

입술

하늘에 입술을 댄다
땅에 입술을 댄다
때로는 강물에 들판에
바다에도 입술을 댄다

스스로 거룩해지는 날이다.

사랑

맑고 깨끗하게

커다란 눈
눈물 그렁그렁

그 눈 안에 하늘
그 눈 안에 호수

그리고 나.

축원
— 이익선 DJ

출렁, 넘치지 않는 울렁임
쨍그랑, 깨지지 않는 하늘 파랑
그들이 그대를 세상 끝 날까지
데리고 갈 것을 믿는다.

함께라면

인생을 고행이라고 말한다
그렇다면, 그렇다면 말이다
거기서 글자 한 자만 고치자

당신과 함께라면
고달픈 인생도
즐거운 여행이라고.

* 리오북스 김현석 이사에게.

촉

네 검은 머리칼이
얼마나 예쁜 머리칼인지
모르고 물을 들였구나

노랗게 물들인 머리카락 아래로
삐죽삐죽 솟아오르는
검은 생명들을 좀 보아라.

가족 · 1

아빠는 전철
손잡이를 움켜잡고
엄마는 아빠 팔뚝을 부여잡고
아이는 엄마 팔뚝에 의지하고
오리네 가족 일행은
오늘도 기우뚱 기우뚱
안전하게 세상바다를
떠다니고 있다.

백자

하루 종일
바라만 보고 싶은
알몸

일생동안도
지겹지 않을 것 같은
여인.

핑계

다시는 세상에 사람으로
돌아오고 싶지 않다

그래서 부처님보다는
예수님을 따라다닌다

죽어서 부처님 만났을 때
세상으로 돌아가라 그럴까봐.

늙은 시인

아이들은 아이들을 보고
젊은이들은 젊은이들을 보는데
자꾸만 노인들이 나를
흘낏거린다

그렇지만 나는 아이들을 보고
젊은이들을 본다.

재회

더 예뻐졌구나
반가움에

강물을 하나 네 앞에
엎을 뻔 했지 뭐냐.

아내

여보, 여보,
지금 어디 있어요?

나 여기 있어요

마지막까지 남아서
기다려주는 사람.

다리 위

개울가의 물고기
자꾸만 쳐다봤더니
도망친다

벗은 몸이 아마도
부끄러웠던 모양.

어린아이

예쁘구나
쳐다봤더니
빙긋 웃는다

귀엽구나
생각했더니
꾸벅 인사한다

하나님 보여주시는
그 나라가
따로 없다.

팁

적은 돈을 받고서
너무 많이
허리 굽혀 인사 한다
돈이 슬프다
인간은 더욱 슬프다.

가족 · 2

나의 혈액형은 O형
아내의 혈액형도 O형
그러므로 우리 집 두 아이들
혈액형은 물어볼 것도 없이
O형

단순하다.

세월

눈 내려 새하얀 마당

검은 고양이
검은 비닐봉지 끌고
재빨리 지나간다

어느 것이 고양이인지
잠시 어리둥절.

명예

돈이 별로 필요 없을 때
세상의 돈이 내게로 왔고
내가 남자도 아닐 때
세상의 여자들이 나를 좋아했다
그래도 돈을 아껴서 쓰고
세상의 여자들을 사랑해야겠다.

바다

소금물 한 사발을 마셨다
목이 더 말랐다
소금물 여러 사발을 들이켰다
그래도 목이 말랐다
끝없이 소금물을 마시다가
바다는 끝내 바다가 되었고
지구는 가장 많은 몸을
바다에게 주었다.

엄마

자기보다 몸피가 큰
남자를 부여안고
울먹이고 있는 여자가 있다

자기보다 키가 큰
남자를 쓸어안고
머리를 쓰다듬는 여자가 있다

누군가의 엄마.

잉크 빛

— 이재무 시인에게

여러 번 불러도
대답이 없었다

그 새 술 마시러 갔나?
시 쓰러 갔나?

풀 섶에 손을 드는
가을꽃 용담.

---

* 화답시/ 상강 지나—나태주 선생께/ 이재무
　가을에는 바닥이 잘 보인다/ 냇가 냇물 바닥이 잘 보이고/ 산자락 산의 바닥이 잘 보이고/ 저
　먼 끝 하늘의 바닥도 투명하다/ 가을에는 네 마음,/ 내 마음의 바닥도 손금처럼/ 환하게 잘
　보여서/ 슬픔조차 맑고 깨끗하다.

가을날

과자를 샀는데
줄 아이가 없네

(저 주세요)

오늘도 하루
지루하고 길겠다.

회고록

KTX 역방향

더 길게 더 오래
많이 보인다

인생도 그럴 것이다.

선뜻

커다란 눈
고요에 빠진 적이 있다

맑고도 시린 물
호수

그날 나는 한 마리
오리였을 것이다.

제주 올레

바라만 봐도 좋고
걸어만 봐도 좋은 길
올레, 올레,
옆에만 있어도 좋은 사람
함께.

눈빛

너는 나의 사랑을
알지 못한다

그 사랑을 나는 이제
너한테 들키고 싶다.

가을 산

털갈이 하는
짐승들 같다

손으로 쓰다듬으면
꼬리라도 흔들며
안길 것 같다.

선물

둘만의 이야기가
시작된 것이다

둘만의 비밀이
쌓여가는 것이다.

공주풀꽃문학관

풍금소리가 들리는 집

여러 번 뒤돌아보며
떠나간 집

그리운 마음이 남아서
살고 있다

다시 오고 싶은 마음이
거기에 있다.

겨울밤

고구마 하나 먹고
자고

고구마 또 하나 먹고
자고

고구마 하나 입에 물고
더 자는 밤

어디선가 부엉이라도
울겠다.

날마다

날마다 오늘이 첫날
날마다 오늘이 마지막 날
날마다 그렇게 우리는
기적의 사람들

언제나 내 앞에 있는 너는
최초의 사람이고 또
최후의 사람인 것이다.

너

하늘의 꽃처럼
땅 위의 별처럼

내게는 바로 너
가슴속의 시.

2부

여행길

낯선 땅에서 만난
헛된 사랑

부질없이 화사하기만 하던
구름

그러나 그곳에서 당신은
꽃이었습니다

한 없이 반짝이는
새소리였으며 햇빛

선하신 당신은
바람이었습니다

다시 나무로 돌아와
그날의 우리를 그리워합니다.

다만 사랑으로

꽃이 피면 길차비하고
바람 불면 언덕을 넘고
봄이 오면 다만 사랑을 하리라

사랑하는 사람은 눈을 감네
입맞춤 해 달라 그러는 건지
사랑하는 사람은 고개 떨구네

세상엔 아무런 일도
일어나지 않아도 좋으리
다만 사랑으로 세상은 빛을 더하네.

사는 일이란

아, 오늘도 하루를
무사히 잘 보냈구나
저녁 어스름 자전거를 타고
집으로 돌아가며 다시
너를 생각한다

오늘도 잘 지냈겠지
생각만으로도 내 가슴은
꽃밭이 되고 너는 제일로
곱고도 예쁜 꽃으로 피어난다

저녁노을이
자전거 바퀴살에 휘어 감기며
지친 바람이 어깨를 스쳐도
나는 여전히 살아서
숨 쉬고 있다는 생각

그 생각만으로도 나는
다시금 꿈을 꾸고 내일을
발돋움하는 사람이 된다

그래 내일도 부디 잘 지내기를
아무 일 없기를

어두워 오는 하늘에도
길가의 나무와 풀에게도
빌어본다
사는 일이란 이렇게 언제나
애달프고 가엾은 것이란다.

자전거

낙타도 없이 나는
낡고 병든 조랑말 한 마리
몰고 다닌다

두 손으로 고삐를 잡고
발로 비벼주어야만
간신히 걸어가는 조랑말이다

오늘은 조랑말도 나도
많이 지친 날
조금만 가자 조금만 더 가보자
우리 집이 멀지 않았다.

틀렸다

돈 가지고 잘 살기는 틀렸다
명예나 권력, 미모가지고도 이제는 틀렸다
세상에는 돈 많은 사람이 얼마나 많고
명예나 권력, 미모가 다락 같이 높은 사람들이 얼마나 많은가!
요는 시간이다
누구나 공평하게 허락된 시간
그 시간을 어디에 어떻게 써 먹느냐가 열쇠다
그리고 선택이다
내 좋은 일, 내 기쁜 일, 내가 하고 싶은 일 고르고 골라
하루나 한 시간, 순간순간을 살아보라
어느새 나는 빛나는 사람이 되고 기쁜 사람이 되고
스스로 아름다운 사람이 될 것이다
틀린 것은 처음부터 틀린 일이 아니었다
틀린 것이 옳은 것이었고 좋은 것이었다.

길을 쓸면서

길을 쓸면서
마음도 함께 쓴다

이제는 누구도 이곳에 함부로
쓰레기를 버리지 못하겠지
담배꽁초를 던지거나
침을 뱉을 때에도
눈치를 보고 망설이고 그러겠지
동네 개들까지도 이곳을
조심하며 지나갈 거야

길을 쓸면서
세상의 마음까지 함께 쓴다.

응답

심지어 세상에
안 계신 날에도
답을 주신다

아버지,
아버지라면 이런 때
어떻게 하셨을까요?

바람결엔 듯
땅 끝에선 듯
하늘 저 멀리선 듯.

지상의 시간

지상의 모든 시간은
사람을 기다려주지 않는다

기차도 사람을 기다려주지 않고
계절도 꽃도 사람을 기다려주지 않고
내 앞에 앉아서 웃고 있는 너도
나를 기다려 주지 않는 것은 마찬가지

어찌할 텐가?

더욱 열심히 살고
더욱 열심히 사랑할 밖에는
달리 길은 없다.

최고의 인생

날마다 맞이하는 날이지만
오늘이 가장 좋은 날이라 생각하고

지금 하는 일이
가장 좋은 일이라 생각하고

지금 먹고 있는 음식이
가장 맛있는 음식이라 여기고

지금 만나고 있는 사람이
가장 아름다운 사람이라고 생각한다면

당신의 인생 하루하루는
최고의 인생이 될 것이다.

걱정하는 사람

내가 시를 기를 때
그는 아이를 길렀고
내가 그리움을 기를 때
그는 나무를 길렀다

내가 개울에 비친
구름을 보며 하늘을 걱정할 때
그는 시장거리의 불빛을 보며
세상의 일들을 걱정했다

그러하다
우리는 무엇인가를 기르고
늘 어린것들의 아랫도리를
보살피며 걱정하는
사람들이었던 것이다.

* 한때 교직 동료였던 구창모 교장. 오랜 만에 만났는데 여름날 썬 크림 바르지 않아서 검게
  그을고 들일을 많이 해서 약간은 야윈 듯한 그의 얼굴이 좋았다.

섬진강 · 1

시인 김용택이
퍼서 팔아먹은 물
시인 송수권이 퍼서
다시 팔아먹으려 했으나
움쩍도 하지 않았다.

섬진강 · 2

섬진강이라도 하동
매화꽃 철
매화꽃 철이라도
매화꽃 한 잎씩 바람에 날릴 때

달리던 자동차에서 내려
섬진강 고운 강 물빛 등에 지고
젊은 아낙네 머플러
바람에 날릴 때

미치겠더라
강물에 내려와
눈물 반짝이는
햇빛 때문에 미치겠더라

바람이 부드러워
비단 머플러였던가
비단 머플러여서
바람이 부드러웠던가.

섬진강 · 3

비단 피륙을 푼 강물이라니
7월 섬진강에 와서 다시 보겠네
강물을 따라 강물 너머 모래밭 따라
스르륵 빠져 나가는 마음
자취 없이 사라져버리는 시간들

저 강물 물살 가운데 커다란
플라스틱 함지 하나씩
밀고 가는 이들은 도대체
뭐하는 사람들이라냐?
그들은 오늘도 재첩 잡는 사람들

날마다 순간마다 이것이
이 세상 첫날이고 마지막 날이지 싶어
재첩국 한 그릇 먹고 나와
다만 눈물겨워라
내 앞에 없는 네가 보고 싶어
가슴이 먹먹
한낮인데도 한밤중 같아라.

봄밤

저벅저벅 누군가
커다란 발자국 소리
사라지고

자박자박 누군가
귀여운 발자국 소리
잠이 먼 밤

봄이 다시 오기는
오려나 보다.

또 그립다

얘야, 그 얘기는 하지 말아라

어머니 토굴에 들어가
1주일 동안 짠 모시 한 필
한산장에 팔러 갔다가
모시 판 돈 소곡주 값으로 날려버리고
술 취해서 돌아온 아버지
다음날 아침 어머니에게
빈 주머니를 보였지만
아무 말씀도 하지 않고
아버지를 용서해주셨던 어머니

그립다
젊은 날의 어머니
또 젊은 날의 아버지

얘야, 그 얘기는 이제 그만 하거라.

잘람잘람

어머니, 어머니
샘물가에서 물동이로
물을 기를 때

물동이에 가득 채운 물
머리에 이고 가기 전
넘치지 않게 하기 위하여
물동이 주둥이를 손바닥으로
슬쩍 훑어내듯이

오늘 내가 너에게
주는 마음은 잘람잘람
그렇지만 넘치지 않게

오늘 내가 너에게
주는 시도 잘람잘람
그렇지만 넘치지 않게.

그 여자

얼굴 가득 웃음을 머금고
이리로 오는 여자가 있다
예쁘지는 않지만
귀여운 여자다
젊은 여자다

처음엔 그 여자
나를 보고 웃는 줄 알았다
누군가 마중 나오는 사람을
보고 웃는 줄 알았다

그런데 아니었다
그 여자 꽃을 보고 웃는 것이었다
새를 보고 구름 보고 웃는 것이었다

그러니까 그 여자
이미 스스로가 꽃이었고 새였고
구름이었다
바람이기도 했다.

게

우리 집 거실
작은 상자 안에서 사는
게 두 마리

아침이면 둘이서
집게발을 세우고
덩실덩실 춤을 춘다
살았다고
오늘도 살아서 기쁘다고

그게 무슨 춤이에요?
싸우는 거지
아내 눈엔 춤추는 게가
싸우는 걸로만 보였던 모양.

도화동

또 한 차례 인천에 다녀왔다
주안역 다음이 도화역
아직도 도화동 그 이름이
전철역으로 남아있구나
왈칵 그립고 반가운 마음
좋아하는 여자네 집이 있던 도화동
유난히도 춥던 겨울날
외투도 입지 않고
찾아갔던 그 여자네 집
끝내 허락을 받지 못하여
울면서 쫓겨난 그 여자네 집
어렵사리 방앗간 일을 해서
자식들 잘 키우고 가르친
그 여자네 아버지
나같이 장래성 없어 보이는
시골청년에겐 딸을 줄 수 없다고
매몰차게 내쫓았던 그 여자네 아버지
그때는 그것이 그렇게도
섭섭하고 원망스러웠는데
나도 나중에 딸을 낳아 기르다보니

조금씩 이해가 되기도 했지
그날 눈 속에 피었던 새빨간 동백꽃은
지금도 꽃을 피우고 있을까?
눈물 나도록 왈칵 그리운 도화동
내 가난하고도 춥고 슬픈
젊은 날이 가서 살고 있는
옛날의 인천 그 도화동
이름만이라도 잘 있거라
마음속 손을 흔든다.

골목식당

가을이라 그런가
된장국 맛이 새롭다

시래기며 무
대충 썰어서 끓인 된장국
배고프지도 않은데
밥 한 그릇을 비웠다

예쁜 누나네
고모네 집 찾아가
한 상 잘 차려
대접받은 마음.

태극기 다는 날

마침 내일이 스승의 날
아침 일찍 일어나
슈퍼에 가 수박 한 덩이 사 가지고
고등학교 시절 은사님 찾아갔더니
금방 잠에서 깨신 모습으로 대문을 열어주신다

수박을 받으면서도 미안하다는
말씀만 되풀이하시는 선생님
90이 넘으신 세상에 살아계신
오직 한 분 남으신 은사님

시내에 볼일 보고 다시 그 길로
자전거 타고 오다가 보니
대문간에 태극기 걸려 있다
웬 태극기?
오늘이 무슨 국경일이라도 되는가?

생각해보니 객관적 이유는
오늘이 음력으로 부처님 오신 날
그렇구나, 태극기란 건 좋은 일

나 기쁜 일이 있을 때 다는 거라는 걸
90 넘으신 선생님한테서
새롭게 배운다.

수목장

봄가을에
땅의 가슴을 열고
알뿌리나 묘목을 심듯이

심어다오
넓은 땅이 아니라
한 평이면 족하고
반 평이라도 고맙지

될수록 건강한 나무
정갈한 나무 하나를 골라
그 아래 심어다오

시를 세상보다 사랑하고
사람보다 좋아한 사람
잘 살다 갔음
이제 편안히 누웠음

그냥 그렇게만
묘비에 적을 일이다

유난히 햇빛 곱고 오늘은
바람조차 순하고 맑은 가을날.

3부

날이 저문다

머뭇거리며 머뭇거리며
한 날이 저문다
누구에게나 기념할만한 날이고
위대한 한 날

무슨 생각이 그리 많은지
천천히 천천히 고개 숙인다
아직도 할 말이 많이
남아있다는 듯

바람도 돌아와 두 손을 접고
향일성의 꽃들도 입을 다물겠지
세상에 와서 허락 받은 오직
첫날이자 마지막 날인 오늘

내가 너를 생각하고 잠시나마
너를 사랑했던 일이 세상에서
가장 좋은 일이었음을
나는 잊지 않는다.

공주, 맑은 날

서양에도 없는 서양이 있네

그 끝자락에 한 번도
만날 일 없는 여자 아이가
웃고 있네

기다란 생머리였을까?
단발머리였을까?

며칠 사이 나무 아래
짙어진 그늘
신록에서도 향내가 있네.

아파트 9층

당신 뒤로는 그림입니다

비가 오고 바람 불어도
지워지지 않는 그림

아닙니다
비가 오고 바람 불면
더욱 예쁘게 살아나는
그림

당신이나 더 오래
보시기 바랍니다.

고통

오늘도 배가 아프다
새벽마다 배가 아프다
거의 안 아픈 날이 없다

아픔은 어디서부터 오는가?
뱃속 깊은 곳으로부터
머언 우레 소리처럼 온다

어렵사리 잠에서 빠져나온다
가슴도 아프다
숨이 잘 쉬어지지 않는다

숨을 몰아서 쉬어본다
자꾸만 쉬어본다
배를 쓸어보기도 한다

살아야겠다
살아나야겠다
기어코 오늘도 살아야겠다

>

고통은 나의 스승
나를 살게 해주는 고마운 벗
고통은 나를 늘 깨어 있게 한다.

새해의 소망

새해에 새날에도
받는 사람이기보다는
주는 사람이기를 바랍니다

새해 새날에도
찡그린 얼굴이기보다는
웃는 얼굴이기를 소망합니다

내 앞에 있는 당신
내가 사랑하는 당신
당신이 사랑하는 사람인 나

새해 새날에도
오래 오래 내 앞에서 당신
웃고 있기를 기도합니다.

좋은 꽃

나빠지면 얼마나 더
나빠지겠나
고개를 들었을 때
꽃이 되었고

좋아지면 얼마나 더
좋아지겠나
고개를 숙였을 때에도
꽃이 되었다

더 좋은 꽃이 되었다.

전화

너 어디쯤 오니?
지금 가려구요

너 어디쯤 오니?
지금 가고 있어요

너 지금 어디쯤 오니?
지금 많이 왔어요

너 지금 어디쯤 오고 있니?
네 곧 가요

너 왜 아직 안 오는 거니?
네, 네, 어머니 다 와 가요.

패키지여행

처마 밑에 떨어지는 빗방울
마당에 조금씩
자죽을 내듯이
야금야금 정이 들어서
헤어질 때는
섭섭한 마음이 들고
오래 잊혀지지 않는
가시가 되기도 한다

손톱 끝에 들인 봉숭아 꽃물
여름 가도 지워지지 않듯이.

그러므로

사람이 세상에서
천국을 살지 못하면
나중에 죽어서
천국에 가서도 천국을
살지 못할 것이다

이것은 요즘의
나의 생각

그러므로 내 앞에서 지금
웃고 있는 너는
천국의 사람이다.

네 그렇게

네 그렇게 하지요
당신이 그러겠다면
그렇게 하겠습니다

이쪽에서 좀
불편하다 해도
큰 문제가 아닙니다

꽃들이 말합니다
바람이 부탁하고
나비가 속삭입니다

우리 같이 가요
함께 있어요
우리도 좀 끼워 주세요.

화엄 · 1

우리가 먹는 것들은 모두
살아있는 것들
곡식이나 채소, 생선이며 고기까지
살아있는 것들

잠시 숨을 멎게 해서
우리 몸속으로 불러들인다

우리가 마시는 물이나 공기도
살아있는 것들
새소리며 물소리 바람소리까지
콩당콩당 뛰어노는 것들

잠시 기절시켜서
우리 몸 안으로 빌려온다

피어나라 온갖 숨을 멈춘 것들이여
기절한 것들이여

우리 몸 안에서 피어나 다시

꽃이 되고 나무가 되고 풀이 되거라
구름이 되어 두둥실 하늘로 떠서 올라라.

화엄 · 2

나는 꽃도 나무도 구름도 아니지만
너를 사랑하기만 하면
금세 꽃으로 피어나고 나무로 자라고
구름으로 흐른다

왜 거짓말 같으냐?

너도 한 번 누군가를 사랑해봐라
대번에 너도 꽃으로 피어나고
나무로 자라고
구름으로 흐를 것이다

정말 믿기지 않는다고?
망설이지 말고 그냥 한 번
해보라니까!

*
새들아 니들도
우리 두 사람 사이
꽃과 나무와 구름 사이를

날아다니며 노래해다오
기뻐해다오.

잃어버린 시

누구나 마음속에 어린 아이 하나 살고 있지요. 눈이 맑고 귀가 밝은 아이. 작은 바람 하나에도 흔들리고 구름 한 쪽에도 울먹이고 붉은 꽃 한 점에도 화들짝 웃는 아이.

우리가 어린 시절 다니던 초등학교 운동장에 두고 온 아이입니다. 고향 떠나올 때 고향 집 초라한 마루 끝에 손사래 쳐 떼어놓고 온 바로 그 아이입니다.

그 아이 불러내야 합니다. 그 아이 손을 잡고 다시금 먼 길 떠나야 합니다. 그리하여 그 아이를 시켜 말을 하게 해야 합니다. 보는 것 듣는 것 생각하는 것 그 아이더러 대신 말하라 해야 합니다.

그것이 바로 당신의 시, 잃어버린 바로 그 시입니다. 다시금 찾아야할 우리들의 시입니다.

적막

모처럼 눈이 내린 날
그것도 1월 중순
전화 한 통화 걸려오지 않는다

종일
그 흔한 문자메시지 카톡 하나
날아오지 않는다

다만 바가지를 엎어놓은 양
고요하고 고요할 뿐
다들 어디서 무얼 하고 있는 건지……

이런 날은
지구의 숨소리라도 들릴 듯
지구야, 그대도 너무
힘들어하지 않기를…….

그러함에 사랑이여

가을 햇빛 아래서는
누구나 조금씩 더 늙는다
늙어서 몸이 더 조그마해지고
마음도 조그마해진다

가을 햇빛 아래서는
누구나 조금씩 더 마음이 편안해진다
그래서 눈빛도 부드러워지고
겸손해지고 싶어한다

그러함에 사랑이여
너도 또한 그러하지 않겠느냐
우리도 조금씩 나이를 먹고
늙는 것을 억울해 하지 말자.

미황사

새하얀 창호지문
사이에 두고
와슬와슬 쏟아지는
모래 바람소리

천년을 두고
백년을 두고
누구의 것인지도 모를
달빛의 흐느낌 혼곤함

마음의 오솔길 돌고 돌아
아무도 모르는 절 한 채
지은 것이 너와 나
평생의 사랑이었다.

야성

아침마다 풀꽃문학관
풀밭 위에 떨어진
개똥을 치우는 것이
일과다

가끔은 처마 밑
모래흙에 숨겨진
고양이똥을 찾아내어
버리기도 한다

동네 떠돌이 개들의 짓이고
길고양이들의 작품이다.

*
오늘도 우체국 높은 건물
피뢰침 위에
까마귀 부부가 날아와
까악까악 새까만 울음을
뱉어 놓는다

>
까마귀들은 사람들한테
무슨 비밀을 그렇게
알려주고 싶은 걸까?
오늘은 또 무슨
놀랄만한 뉴스가 터질지
겁이 난다.

망할 놈의 흰 구름
— 꿈에 쓴 시

하늘에 흰 구름이 높은 오후,

흰 구름을 보니 고향집이 가까이 있을 것 같은 착각이 들었지

마당에 손님이 맡겨 논 말이 보였지

그 말을 타고 무작정 달렸지

조금만 가면 집에 닿을 것 같았던 거야

그러나 반나절을 달렸는데도 반에 반도 못 갔던 거야

그쯤에서 돌아섰어야 하는 건데 그러지 못했지

그로부터 더 이상은 직장을 얻을 수 없는 사람이 되었지

다니던 학교도 마칠 수 있었고 결혼도 할 수 있었고 집도 가질 수 있었고 아이도 가질 수 있었는데 그것으로 모든 일이 끝장이 나버렸지

그 망할 놈의 그리움, 흰 구름이 모든 것들을 망쳐놓고 말았던 거야.

애벌레

애벌레 하나 있었습니다. 다른 애벌레들처럼 이슬을 마시고 풀잎을 먹으며 하루하루 잘 자랐습니다. 그의 날들은 자유롭고 평화로웠습니다. 점점 몸이 자랐습니다. 몸이 자란 애벌레들은 차례대로 고치를 짓고 그 안에 자기 몸을 가두었습니다. 그것은 구속이었고 깜깜한 어둠이었습니다. 바라보기만 해도 답답한 일이었고 불편한 일이었습니다. 애벌레는 그런 모습이 싫었습니다. 자기는 그런 모습이 되고 싶지 않았습니다. 함께 살던 모든 애벌레들이 고치가 되었는데도 이 애벌레만은 아직도 애벌레입니다. 여전히 이슬을 마시고 풀잎을 먹으며 자유롭고 평화롭게 살고 있었습니다. 며칠이 지나자 고치 속으로 들어갔던 애벌레들이 나비로 바뀌어 나옵니다. 한 마리, 두 마리… 하늘은 이제 나비들로 가득합니다. 야, 멋있다. 애벌레는 나비들을 보면서 부러워합니다. 그러나 그는 여전히 고치만은 짓고 싶지 않았습니다. 그의 몸에는 점점 주름이 생기기 시작했습니다. 몸의 빛깔도 푸른빛에서 갈색빛깔로 바뀝니다. 하늘을 날던 나비들은 제각각 알을 남기고 세상을 떠났습니다. 그런데도 여전히 애벌레는 애벌레입니다. 그의 몸 위에는 더욱 많은 주름이 생기고 그의 몸 빛깔은 더욱 어두운 색깔로 바뀌었습니다. 다만 애벌레 자신만 그것을 알지 못할 뿐입니다.

아침의 소포

아침 일찍 소포가 왔다
열어보니 재미시인 배정웅의 새 시집
'국경 간이역에서'
오만가지 말들이 마음속에 오고 간다
안 됐다, 미안하다, 고맙다, 섭섭하다,
오늘도 살아있음이 기적이다…
끝내 시인은
자신의 마지막 시집이 나오는 걸
보지 못하고 먼저 저 세상으로
주소를 옮겼다 한다
누군가 속달로 부쳐줘야 할 일이다.

시인

두리번거리다가
한 발 늦고

망설이다가
한 발 늦고

구름 보고 웃다가
꽃을 보며 좋아서

날 저물어서야
울먹인 아이

빈손으로 혼자서
돌아온 아이.

부부

부부간 금슬이 좋지 않았다
오래 앙숙이었다
그런데 정작 부인이 세상을 뜨자
그는 쉽게 일어서지를 못했다
겨우 몸을 추스렸을 때 그는
사람들의 세상 속으로 가지 않고
채소밭으로 나가
채소들을 들여다보며 살았다
생전 부인이 기르던 채소들,
알다가도 모를 일이다.

제자

스승 송수권에게
담배를 선물로 보내곤 했을
정용숙 시인
나한테는 추석선물로
과자를 보내왔다
그것도 서양과자
과자 앞에서 나는
어린아이가 된다
다섯 살 여섯 살
앞니 빠진 아이가 된다.

4부

이별 앞에

우리가 찬 서리 추운 겨울에 헤어짐은
굳이 말하지 않아도 꽃이 피고
새 우는 새봄에 다시 만나자는 약속이구요

그러므로 우리의 헤어짐은
그냥 그대로의 헤어짐이 아니라
다시 만나자는 하나의 희망입니다

비록 그것이 지켜질 수 없는 허언일지라도
오늘 우리가 기대고 위로받을 오직 하나의
믿을만한 가슴과 어깨는 이별인 것입니다.

* 공주를 떠나는 이영문 원장님을 위하여.

네가 오는 날

네가 오는 날은
비워두는 날
하늘을 비우고 땅을 비우고
초라한 나의 인생조차 비워둔다

비어있는 하늘 땅 가득
너를 채우고
비워둔 나의 인생 가득
너를 채워서

세상에는 없는 꽃
크고도 맑고 향기로운
꽃 한 송이 피워내고자
까치발 딛고 긴 목을 하고서

급한 나머지 내가 먼저 서툴게
꽃 한 송이 피우기로 한다.

담 모퉁이

누군가 울고 있네

보고 싶은 마음
그리운 마음 하나로 와서는
활짝 핀 꽃나무, 벚꽃나무
한 그루로 서 있더니

꽃도 지고 푸르던
잎도 지고 이제는
알몸으로 서서 울고 있네

민망한 바람 되어 오랜 시간
서성이더니 그만
이제는 아무도 없네.

마른 손

손이 마르다
네 손을 만져본다
내 손은 마른 손
가랑잎이 떨어진다

네 볼을 쓸어보고
네 이마와 입술을
쓸어 봐도
내 손은 마른 손

오직 검고 치렁한 네
머리칼 쓸어줄 때만
나의 손에서는
꽃이 피어나

너의 가슴으로 가고
너의 등으로
가슴 골짜기로 가서
꽃밭을 이룬다

>
너의 꽃밭은
활활 타오르는 정오의 사막
나의 손에서는 또다시
가랑잎이 떨어진다.

어린 사랑

너
거기 있어라

너 부디
거기 있어라

내가 부를 때
대답할 수 있도록

너 부디 그 자리
지켜 있어라.

재회

이게 얼마만이냐
한번 안아보자
머리도 쓸어보자

손이 많이 작아졌구나
무슨 일 있었던 거냐?
어떻게 살았더냐!

마주 대는 볼에
흐르는 눈물
그렇게 그렇게도
보고 싶었던 거냐!

오후의 시간

인생이 갑자기 한가해져서
구름의 속살도 보이고
바람의 얘기도 들려

내 사랑 내 자랑
어디까지 갔는지
그것까지 보일 것 같아

가다가 가다가
뒤돌아보면서
울먹이기도 하겠네.

바람 부는 날이면

바람 부는 날이면 네가
더 보고 싶었다

바람 속에 너의
향기가 있을 것 같아
바람 속에 너의
목소리가 숨은 것 같아

두리번거리며
두리번거리며
꽃이 피는 아침보다
새가 우는 저녁보다

바람 부는 날이면 언제나
네가 더욱 보고 싶었다.

그만큼

더 가까이 오지 말아라
그만큼 서 있을 때가
네가 제일 예쁜 때란다

웃는 것도 예쁘고
바람이 잠시 찾아와
네 머리칼에 앉았다
가는 것도 예쁘단다

어떠냐 …
때로는 하늘 우럴고
울먹이기도 하는 나
잘 보이는 곳 또한
그 만큼이 아니더냐.

낙화

억울해하지 마라 분해하지 마라
슬퍼하지도 마라
다만 때가 되어 돌아갈 뿐이다

조금은 섭섭하게 조금은 허전하게
돌아서는 너의 뒷모습
누군가 보면서 눈물 글썽인다

예쁜 모습을 보여라
흔들리는 그림자를 잡아라
돌아갈 때가 되어 돌아가는
너의 어깨를 축복할 뿐이다.

어쩌면 좋으냐

보고 싶은 것이
사랑인 줄 모르면서
사랑을 했다

목소리 듣고 싶은 것이
사랑인 줄 모르면서
사랑을 했다

그리고서 또다시 오늘
너를 보고 싶어 하고
너의 목소리 듣고 싶어 한다

이런 나를
어쩌면 좋으냐!

연인

잡은 손 놓지 말아요
마주친 눈 비끼지 말아요

그냥 있어요
그냥 거기 있어요

꽃들이 피어나고
새들이 노래해요

우리도 피어나요
우리도 웃어요.

봄이니까

조금쯤 흔들려도 괜찮겠지
(봄이니까)

조금쯤 슬퍼해도 괜찮겠지
(봄이니까)

눈부신 햇빛 아래
썰렁한 바람 속에

날리는 명주실 비단 머플러
(여전히 너는 너니까).

날씨 좋다

너는 멀리 있고
오늘 날씨 좋다
좋아도 너무 좋다

까치발만 딛어도
세계의 끝까지
보일 듯한 날

눈만 감아도
너의 숨소리
보일 것 같은 날

잘 살아라
멀리서도 잘 살아라
오늘은
기념하고 싶은 날이다.

귀걸이

네 조그만 귀에
날아와 앉은
새하얀 나비
너는 그만
새하얀 나비가 되고

너의 귀여운 귀에
새롭게 피어난
분홍의 꽃송이
너는 다시
분홍의 꽃송이 되고

너를 바라보는 나도
너를 따라 새하얀
나비가 되어보고
분홍빛 새로 핀
꽃송이 되어 본다

오늘은 5월의 한날
맑게 날이 개인 하늘 아래

숨 쉬기도 참
좋은 날이다.

진행형

피어나는 꽃들은
마음을 하늘로
하늘로 밀어올리고

지는 꽃들은
마음을 아래로
아래로 떨어뜨린다

네 앞에서 나는
하늘로 하늘로
피어오르는 꽃

그러므로 나의 사랑은
언제나 진행형이다.

별

다만 내가 외로웠을 때
혼자였을 때
네가 보였을 뿐이다

다만 내가 그리웠을 때
울고 있을 때
별을 떠올렸을 뿐이다

그래서 너는 오래 동안
나의 별이 되었던 것이다.

향기

잘 가라 내 앞에 잠시
예쁘게 앉아 있던 꽃

가서는 잘
살아라
더 예쁘게 살아라

네가 남긴 향기만으로도 나는
가득한 사람이란다.

맹목

사람이 매양 눈을
뜨고는 있지만 언제나
눈을 뜨고 있는 것만은 아니다

눈을 뜨고는 있지만
눈앞에 있는 것을
보지 않을 때도 있고
다른 것들을 생각할 때도 있다
네가 내 앞에 있을 때는 더더욱

너를 보면서도 나는
꽃을 보기도 하고
강물을 보기도 하고
조그맣고도 예쁜 산을 하나
보기도 했단다

믿기지 않거든 부디
내 마음속에 들어와 보아라
너를 생각하기만 해도 화들짝
꽃밭으로 바뀌고 마는 나를
너는 만나게 될 것이다.

어디만큼 가서

나무가 많아
낙엽이 많고
낙엽이 많아
소리가 많다

낙엽과 소리 사이
속살거리는
너의 목소리

너 보고 싶어 하는
나의 마음도
잠시 기웃거린다

검고 긴 생머리칼
그 위에 찰랑대는
햇빛의 강물

어디만큼 가서
울먹이고 있느냐
울먹이고 있느냐.

5부

눈, 매화

예쁜 꽃 사발에
소복히 담긴
새하얀 쌀밥

뒤늦게 찾아간
정선 아라리
3월인데

활짝 핀 매화꽃
송이 송이마다
함박눈 내려

핑그르르
저린 가슴.

찔레꽃

그립다
보고 싶다
말하고 나면
마음이 조금 풀리고

사랑한다
너를 사랑한다
말하고 나면
마음이 더 놓인다

그런 뒤로 너는
꽃이 된다
꽃 가운데서도
새하얀 꽃

찔레꽃 되어
언덕 위에 쓰러져
웃는다.

노루발풀꽃

착한 노루가 제 맨발을
벗어주고 갔구나
노루발풀꽃

둥그스름 초록색 잎사귀에
조롱조롱 새하얀 꽃

흔들면 노루 발자국 소리
들릴까
새하얀 방울 소리
들릴까

젊은 노루가 바라보던
흰 구름만 몇 송이
남겨놓고 갔구나.

매화 꽃 아래

여기서 좋았으니
거기서도 좋겠지
나하고 좋았으니
다른 이들과도 좋겠지

마음 조아려
빌고 비노라

살아서 좋았으니
살지 않아서도 좋겠지
활짝 핀 매화 꽃 아래
아직은 썰렁한 바람 속에.

다알리아

꽃인가 하면 과일이고
과일인가 하면
또 사람이네

붉고도 어여쁜 입술
가늘은 눈매
네가 웃으면
세상이 다 웃는단다

오늘은 유난히
맑고도 푸른 하늘
마음 멀리 떠났다가
돌아오기도 하리라.

산수유

아프지만 다시 봄

그래도 시작하는 거야
다시 먼 길 떠나보는 거야

어떠한 경우에도 나는
네 편이란다.

오늘의 꽃

웃어도 예쁘고
웃지 않아도 예쁘고
눈을 감아도 예쁘다

오늘은 네가 꽃이다.

붉은 입술

장대비 아래에서도
끄떡없던 백일홍 꽃
붉은 입술

그처럼 입술이 붉던
네가 있었다

그처럼 짱짱한 두 다리의
네가 있었다

땡볕 아래서도
잘 버티거라
하늘에 걸린 폭포수.

우체통 곁에

뒷모습이 예뻤던 그녀
살그머니 다가가 한 번
안아주고 싶다는 생각만으로
오랜 세월을 견뎠다

그런 뒤로 그녀는
새하얀 백합이 되었고
나는 그녀 곁에 새빨간
우체통이 되었다.

더러는

추석 지나 찬바람 불면
개울가에 지천으로 피어나는
고마리 더러는 여뀌풀

얼마나 힘들었니?
얼마나 어렵게
여름의 강물을 건너왔니?

쟤들을
꽃이라고 보는 사람에겐 꽃이고
그냥 풀이라고 보는 사람에겐
그냥 풀이다.

고향

고향집 뜨락에서 옮겨온
붓꽃이 피었다
고향집 뜨락에도 바닷물 빛
수줍은 소녀의 봄이 피었겠다

고향마을 뒷산에서 캐온
상사초가 피었다
고향마을 뒷산에도 연분홍 빛
어여쁜 신부의 여름이 왔겠다.

프리지어
― 서울 보광동 송플라워 주인을 위하여

당신 올해도 죽지 않고
살아 오셨네요
그것도 샛노랑 옷
새로 차려입고
사뿐사뿐 나비도 나오기 전
나비걸음으로 오셨네요

당신 올해도
살아오신 기념으로
꽃을 드려요
그것도 샛노랑 꽃을 드려요
꽃은 프리지아
새 마음 새 세상
새 사랑을 담아 드려요

부탁의 말씀은 오직 하나
올해도 당신 부디
행복하시기 바래요.

별처럼 꽃처럼
— 혜리에게

불타는 대지 위에
홀로 피어 있는 꽃처럼

어둔 밤하늘 한복판에
혼자 눈떠 반짝이는 별처럼

짧은 인생길 짧지 않게
지루한 세상 지루하지 않게

살다 가리니 오로지
아름다이 숨 쉬다 가리니

어디만큼 너는 나의 별이 되어
반짝이고 있는 것이냐

어디만큼 너는 나의 꽃이 되어
숨어 웃고 있는 것이냐.

풋잠

안경도 모자도 없이
그곳에 갔었네
언덕에는 바람이 일었고
너의 몸에서 나는 풀꽃 내음이
바람 속에 번졌네
행복한 마음이 생겨
두 눈을 꼭 감았지
한참 만에 발자국 소리가 들리더니
누군가 나의 볼에 입술을 포갰네
퍼뜩 눈을 떴을 때 거기에
네가 웃고 있었네
눈빛도 새하얀 꽃 마가렛
오오 어린 사랑 누이여.

인생은 틀리고 시는 옳았다

이형권 문학평론가

인생은 틀리고 시는 옳았다

이형권 문학평론가

낙지자樂之者와 아이의 시

시인으로 산다는 것은 무엇인가? 무엇이 시인으로 하여금 현실의 욕망을 넘어 사무사思無邪의 세계에 빠져들게 하는가? 이 물음에 대한 적실한 대답을 우리는 나태주 시인의 시와 삶에서 찾아볼 수 있다. 그는 1971년 『대숲 아래서』로 등단한 이래 46년간 한 순간도 쉼 없이 시작에 몰두해 왔다. 그 결과 그는 창작시집 38권의 시집을 발간하면서 한국 서정시의 대표적인 시인으로 자리매김을 하게 되었다. 그의 시 가운데 "시집 한 권 한 권이/ 한 사람씩 일평생"(「시집을 묶는 마음」)이라는 구절은 그가 이번 시집을 묶는 마음의 자세가 오롯이 드러난다. 이번 시집 한 권을 발간하는 일은 나태주 시인이 새로운 모습으로 거듭 태어나는 하나의 시적 사건이라고 말하지 않을 수 없다. 잘 알려진 대로 그는 이성선 시인이나 송수권 시인과 함께 해방 이후 우리나라 3대 서정 시인으로 평가받아 왔다. 반세기 가까운 시간 동안 시를 쓰다 보면 보통 시인들은 일시적으로 슬럼프를 맞기도 하고 절필의 시간을 가지기도 한다. 그러나 나태주 시인은 그러한 '보통'의 시인에서 벗어나 언제나 현역 시인으로 활동을 하고 있다. 그렇다면 그 비결은 무엇일까? 그것이 단지 시에 대한 애정 혹은 열정이라고 말하기에는 다소 부족한 느낌이 든다.

　나태주 시인이 반세기 가까이 꾸준히 시를 써 올 수 있었던 비결은 무엇보다 시를 즐기는 마음을 간직해 왔기 때문이 아닐까 싶다. 공자의 표현을 빌리면, 시를 '잘 아는 것은 좋아하는 것만 못하고, 좋아하는 것은 즐기는 것만 못하다'(知之者不如好之者 好之者不如樂之者『논어』,『옹야편』)는 말이 그와 잘 어울린다. 나태주 시인에게 시는 잘 아는 것이면서 좋아하는 것일 뿐만 아니라, 진정한 즐김의 대상이라고 할 수 있다. 그러나 그 무엇보다도 시 자체를 즐기면서 창작을 했다는 점에서 오랜 세월을 시와 함께 살아올 수 있었던 것이다. 또 하나 그가 영원한 현역 시인으로 살아갈 수 있는 것은 항상 깨끗하고 순수한 감각을 유지하려고 노력해 왔기 때문이다.

　　두리번거리다가
　　한 발 늦고

　　망설이다가
　　한 발 늦고

　　구름 보고 웃다가
　　꽃을 보며 좋아서

　　날 저물어서야

울먹인 아이

빈손으로 혼자서
돌아온 아이.
— 「시인」, 전문

이 시에 의하면 "시인"은 "아이"와 같은 존재이다. 그 "아이"는 세
상사에 민첩하지 못한 탓에 "두리번거리다가/ 한 발 늦고// 망설이
다가/ 한 발 늦고" 하는 존재이다. 그의 두리번거림이나 망설임은
속도감에 의존하여 살아가는 현대인의 각박한 삶과 대비되는 모습
이다. 그런데 그 "아이"가 한발씩 늦은 삶을 살아가면서 추구하는
것은 "구름"과 "꽃"의 세계이다. 이때 "구름"은 이상 세계를 "꽃"은
심미의 세계를 표상하는 것으로 읽을 수 있다. 그런 세계를 추구하
다가 하루해가 저물자 "울먹"이면서 "빈손으로 혼자서/ 돌아온 아
이"는 세속의 가치에서 멀리 떨어져 사는 순수하고 아름다운 존재
가 아닐 수 없다. 그 "아이"는 세속의 차원에서는 비록 "빈손"으로
돌아왔지만, 마음 깊은 곳에는 풍요로운 서정을 가득 채워 돌아왔
다고 할 수 있다. 그 "아이"는 다른 시에서도 "누구나 마음속에 어린
아이 하나 살고 있지요. 눈이 맑고 귀가 밝은 아이. 작은 바람 하나
에도 흔들리고 구름 한 쪽에도 울먹이고 붉은 꽃 한 점에도 화들짝
웃는 아이"(「잃어버린 시」)와 다르지 않다. 그 "아이"는 "다시금 찾
아야 할 우리들의 시입니다."(같은 시)라는 시구에 드러나듯이 나태
주 시인이 추구하는 시심을 상징한다.

고통으로 발견한 오늘의 선물

　시를 즐기는 마음과 아이와 같이 순수한 마음은 나태주 시인이 시적 감각을 유지하는 필수불가결한 요소이다. 그것은 속악한 현실이나 속인들과는 다른 생각, 다른 언어를 추구하려는 마음과 연계된다. 나태주 시인은 원로시인의 경륜을 간직하고 있음에도 불구하고 "나는 아이들을 보고/ 젊은이들을 본다"(「늙은 시인」)고 한다. 이 시구는 한 시인으로 인생을 살아가면서 언제나 "젊은이"의 감각을 유지하려고 노력을 하고 있다는 뜻을 담고 있다. 어느 시인이 "시인은 늙지 않으려면 죽어야 한다"(황지우, 「의혹에 대하여」)고 노래했던 것처럼, 나태주 시인은 시적 감각을 늙지 않게 하기 위해 "젊은이들을 본다"고 하는 것이다. 이를 미학적으로 말하면, 시인은 어제의 삶보다 새롭고 어제의 시보다 새로워지기 위해서는 매일매일 죽음을 만드는 존재이다. 낡은 감각을 매일매일 죽이고 새로운 감각을 살려내야 하는 것이 시인의 운명인 것이다. 이처럼 젊은 감각은 세상과 삶과 언어, 그리고 시에 대한 새로운 인식을 가능케 한다.

　　돈 가지고 잘 살기는 틀렸다
　　명예나 권력, 미모 갖고도 이제는 틀렸다
　　세상에 돈 많은 사람이 얼마나 많고
　　명예나 권력, 미모가 다락같이 높은 사람이 얼마나 많은가!
　　요는 시간이다
　　누구나 공평하게 허락된 시간
　　그 시간을 어떻게 써 먹느냐가 열쇠다

그리고 선택이다

내 좋은 일, 내 기쁜 일, 내가 하고 싶은 일 고르고 골라

하루나 한 시간, 순간순간을 살아보라

어느새 나는 빛나는 사람이 되고 기쁜 사람이 되고

스스로 아름다운 사람이 될 것이다

틀린 것은 처음부터 틀린 일은 아니었다

틀린 것이 옳은 것이었고 좋은 것이었다.

― 「틀렸다」 전문

시인은 자신이 지금까지 살아온 인생을 "틀렸다"라고 규정한다. 이 시에서 "틀렸다"는 것은 인생에 대한 시비是非의 문제라기보다는 가치관의 다름 혹은 차이의 문제이다. 시인은 보통 사람들이 추구하는 "돈"이나 "명예나 권력, 미모"의 차원에서 보면 자신의 인생에 대해 이미 잘 살기 "틀렸다"고 본 것이다. 그러나 "틀렸다"는 인식은 이와 같은 속악한 현실의 차원에서만 그렇다는 것이지 시적인 차원에서는 '옳다'라고 본다. 시적인 삶의 차원이라는 것은 세속에 얽매이지 않으면서 "누구나 공평하게 허락된 시간"을 자기 주도적으로 살아가는 것을 의미한다. 인간이면 예외 없이 꼭 같이 허락된 시간에 "내 좋은 일, 내 기쁜 일, 내가 하고 싶은 일 고르고 골라/ 하루나 한 시간, 순간순간을 살아"가는 일이 소중하다고 본 것이다. 그러면 "어느새 나는 빛나는 사람이 되고 기쁜 사람이 되고/ 스스로 아름다운 사람이 될 것이다"고 한다. 그러니 자신의 삶이 현실의 기준으로는 "틀렸다"고 할 수 있을지 몰라도, 인간적 진실 혹은 시적 진실의 차원에서는 "틀린 것이 옳은 것이었고 좋은 것이었다"고 말할 수 있

는 것이다. 이 역설에는 "돈"이나 "명예나 권력"과 관련된 현실의 인생은 화려하지 못했으나, 진실과 순수 서정을 추구하면서 시인으로 살아온 삶은 옳았다는 의미가 담겨 있다. 사실 인간에게 진정으로 소중한 것들은 아무리 자본주의 사회라 할지라도 "돈"이나 "권력"으로 해결할 수 없다. 사랑이나 우정, 모성과 같이 드높은 가치가 그러하고, 나태주 시인이 평생 추구해 왔던 순수 서정이나 시적 진실도 그러하다.

인생에 대한 역설적 인식은 속악한 현실의 논리를 극복하고 아름다운 시적 진실로 나아가는 중요한 방식이다. 가령 "고통은 나의 스승/ 나를 살게 해 주는 고마운 벗/ 고통은 나를 늘 깨어있게 한다"(「고통」)에도 그런 인식이 드러난다. 유한한 인간이 살아가면서 반드시 만나게 되는 "고통"은 삶의 소중함을 일깨워준다는 점에서 "고마운 벗"과 같은 존재이다. 나태주 시인은 그리 오래 되지 않은 시기에 실제로 죽음의 문턱까지 다녀왔던 인생의 "고통"을 깊이 맛본 적이 있다. 그때의 "고통" 이후 나태주 시인은 하루하루를 소중한 선물로 여기며 살고 있다. 따라서 하루하루를 하나의 인생에 버금가는 삶을 살아가게 해 준 "고통"이야말로 그의 인생에 전해진 최고의 선물이 아닐 수 없다.

> 날마다 오늘이 첫날
> 날마다 오늘이 마지막 날
> 날마다 그렇게 우리는
> 기적의 사람들

언제나 내 앞에 있는 너는

최초의 사람이고 또

최후의 사람인 것을.

— 「날마다」 전문

　세상을 이렇게 살 수 있다면 인생을 정말로 알차게 영위하는 것
이다. 이 짧지만 멋진 에피그램에는 인생과 시의 고수가 아니면 도
달하기 어려운 높은 정신적 경지, 아니 영혼의 소리가 내포되어 있
다. 사람이 "날마다 오늘이 첫날"이자 "마지막 날"이라는 생각으로
인생을 살아간다면 정말 삶의 "기적"이 일어나지 않을 수 없을 것이
다. 더구나 "오늘"에 "내 앞에 있는 너"가 "최초의 사람"이자 "최후
의 사람"이라고 생각하고 산다면 정말로 인간적이고 풍요로운 삶을
살아갈 것이다. 그렇다면 이 시에서 "오늘"은 인간의 현존성을 가장
집약적으로 드러내주는 시간이다. 어제는 지나간 시간이고 내일은
다가올 시간이기에 "나"와 "너"의 현존성을 생생하게 담보하지 못
한다. "오늘"이라는 현재의 시간만이 "나"와 "너"의 존재감을 가장
명료하게 나타내 준다. 영어 단어 중에 현재를 뜻하는 present가 선
물이라는 의미를 동시에 지니고 있다는 사실은 흥미롭다. 인간에
게 "오늘"은 그 무엇보다도 소중한 선물이니까 하루하루를 열성으
로 살아가라는 의미가 암시되어 있는 것으로 이해된다. 사실 하나
의 인생이라는 것이 "오늘"이라는 하루하루가 모여서 이루어지는
것일 뿐이니 "오늘"을 열심히 사는 길이 충실한 인생을 완성하는 지
름길이다. 다른 시에서도 "날마다 맞이하는 날이지만/ 오늘이 가장
좋은 날이라 생각하고" 산다면 "당신의 인생 하루하루는/ 최고의 인

생이 될 것이다"(「최고의 인생」)는 시구도 이런 인식과 궤를 같이 한다. 이런 맥락에서 "그러므로/ 내 앞에서 지금/ 웃고 있는 너는/ 천국의 사람이다."(「그러므로」)는 아름답고 따뜻한 시구가 탄생한다.

삶의 방식으로서의 공감과 사랑

하루하루를 인생의 마지막 날인 것처럼 살아가면서, 지금 만나고 (생각하고) 있는 사람을 최초이자 최후의 사람으로 여긴다는 것, 그 것은 진실하고 밀도 높은 삶의 방식이라고 말하지 않을 수 없다. 더구나 그렇게 만나는 사람이 "당신과 함께라면/ 고달픈 인생도/ 즐거운 여행이라고"(「함께하면」) 생각할 수 있는 존재라면, 정말로 그 누구보다도 풍요로운 인생을 살아간다고 할 수 있다. 이러한 삶의 방식을 우리는 공감의 인생론이라고 명명할 수 있을 터, 공감 가운데 가장 으뜸이 되는 것은 역시 사랑이 아닐 수 없다. 나태주 시인은 사랑의 시인이라 할 만큼 사랑을 주제로 한 시를 꾸준히 써 왔는데, 이번 시집에서도 여전히 사랑을 주제로 한 시들이 빈도 높게 나타난다.

꽃이 피면 갈 채비하고
바람 불면 언덕을 넘고
봄이 오면 다만 사랑을 하리라

사랑하는 사람은 눈을 감네
입맞춤 해 달라 그러는 건지

사랑하는 사람은 고개를 떨구네

세상엔 아무런 일도
일어나지 않아도 좋으리
다만 사랑으로 세상은 빛을 더하네.
—「다만 사랑으로」전문

　이 시에서 "사랑"은 인간이 이 세상을 살아가기 위한 필요충분조
건이다. 전체 내용을 보건대 시의 제목인 "다만 사랑으로"에서 "다
만"은 '오직'이라는 말로 바꾸어 읽어도 무방하다. 시인은 따뜻한
계절이 돌아와 "꽃이 피면" "사랑을 하리라" 다짐을 하면서 길 떠날
"채비"를 한다. 그런데 그가 찾아 나선 "사랑하는 사람은 눈을 감"고
"고개를 떨구"고 있다고 한다. "눈을 감"는다는 것은 마음 깊은 사랑
을 느끼기 위해 가시적인 현상을 벗어나는 것이고, "고개를 떨구"
는 것은 높은 사랑 앞에 진지하고 경건한 마음의 자세를 표상한다.
시인은 이런 "사랑"만 있다면 "세상엔 아무런 일도/ 일어나지 않아
도 좋"다고 한다. 세상에 사랑(하는 사람)만 있으면 그 무엇도 필요
치 않다는 뜻이다. 이렇듯 "사랑"이 인생의 전부일 수 있는 것은, 그
것이 "세상"에 "빛을 더"해 주기 때문이라고 한다. "빛"은 성경에서
도 말씀하듯이 세상의 처음이자 모든 것이므로 "사랑"이라는 "빛"
만 있으면 된다고 보는 것이다. 다른 시에서도 "내가 너를 생각하고
잠시나마/ 너를 사랑했던 일이 세상에서/ 가장 좋은 일이었음을/ 나
는 잊지 않는다."(「날이 저문다」)고 했거니와, "사랑"은 세상에서 그
어떤 것으로도 대체할 수 없을 만큼 최고의 가치를 지닌다. 나태주

시인은 진정으로 사랑을 사랑하는 사랑 지상주의자라고 불려도 무방할 듯하다.

그러나 나태주 시인이 추구하는 사랑은 에고이즘이나 에로티시즘의 차원에 머무는 것은 아니다. 그의 사랑은 이타적이고 정신적인 차원에서 주체와 타자의 마음이 깊은 공감을 이루어내는 상태를 의미한다. 예컨대 "마음의 오솔길 돌고 돌아/ 아무도 모르는 절 한 채/ 지은 것이 너와 나/ 평생의 사랑이었다"(「미황사」)고 고백할 때, "아무도 모르는 절 한 채"는 비밀의 은둔 공간이라기보다는 순수하고 절대적인 "사랑" 자체를 의미한다. 이 "사랑"은 또한 확장성이 무한한 것이어서 타자나 우주와 한 몸이 되는 일이다. "사랑"에 이르면 세상의 모든 것이 내 것인 듯한 환상 속에 빠져드는 것과 같다. 즉 사랑하는 주체로서의 "나"와 객체로서의 "너"는 세상과 우주와 전일체를 구성하는 위대한 사랑의 주인공들이 된다.

맑고 깨끗하게

커다란 눈
눈물 그렁그렁

그 눈 안에 하늘
그 눈 안에 호수

그리고 나.
　　―「사랑」 전문

이 시에 의하면 사랑하는 사람의 "눈"에 "하늘"과 "호수"가 있으니, 그 사람은 천상과 지상을 아우르는 가치를 지닌 존재일 터, "나" 또한 그 속에 있으니 사랑은 타자와 우주가 하나가 되게 한다. 사랑은 천지인天地人을 모두 합일하여 인간적, 우주적 공감이 이루어지게 하는 오묘한 것이다. 사랑에 대한 이런 인식은 "네 앞에서 나는/ 하늘로 하늘로/ 피어오르는 꽃// 그러므로 나의 사랑은/ 언제나 진행형이다."(「진행형」), "웃어도 예쁘고/ 웃지 않아도 예쁘고/ 눈을 감아도 예쁘다// 오늘은 네가 꽃이다"(「오늘의 꽃」 전문)와 같은 시(구)에도 드러난다. "나의 사랑"은 늘 "현재형"이어서 "하늘로/ 피어오르는 꽃"처럼 숭고해지고, "너" 또한 어떤 상황에서도 "예쁘다"고 말할 수 있는 존재가 된다. "나"와 "너"는 사랑으로 인하여 서로에게 "꽃"과 같이 무한 의미를 지니는 존재가 되는 것이다. 이런 사랑은 시간의 경계를 넘어서는 것이기도 하여 "그 생각만으로도 나는/ 다시금 꿈을 꾸고 내일을/ 발돋움하는 사람이 된다"(「사는 일이란」).

그러나 사랑에 대한 열망이 크다고 하여 무분별한 사랑을 꿈꾸는 것은 아니다. 즉 "더 가까이 오지 말아라/ 그만큼 있을 때가/ 네가 제일 예쁜 때란다"(「그만큼」)에 드러나듯이, 그의 사랑은 항상 일정한 거리를 간직한 채 품격을 지켜낼 줄 아는 필리아(마음)의 사랑이다. 그래서 모자란 사랑의 거리를 지향하는 에로스나 넘치는 거리를 지향하는 아가페와는 다른 인간적인, 너무도 인간적인 마음의 사랑이다. 나태주 시인이 노래하는 사랑이 아가페나 에로스의 차원과 긴밀하게 연결되지 않는 것은 사랑에 대한 균형 감각과 절제미를 중요시하기 때문이다. 이 이유는 아가페가 너무 종교적인 것이고, 에로스는 너무 육체적인 것이라서 몸과 마음의 균형 감각을 유지하기 어렵기 때문이다. 따라서 품격 있는 사랑을 위해 "일정한 거리"를 유지하는 것은 지속적인 사랑을 위해 중요한 요건이다.

지상의 시간에 대한 성찰

이 글의 모두에서 우리는 시인으로 산다는 것은 무엇인가에 대해 물었다. 다시 우리는 '원로 시인'으로 산다는 것은 무엇인가를 묻지 않을 수 없다. "돈이 별로 필요 없을 때/ 세상의 돈이 내게로 왔고/ 내가 남자도 아닐 때/ 세상의 여자들이 나를 좋아했다/ 그래도 돈을 아껴서 쓰고/ 세상의 여자들을 사랑해야겠다"(「명예」 전문)는 시를 보면, 인생이라는 것이 얼마나 아이러니한 것인지 떠올리게 한다. 젊은 시절 정말로 돈과 여자가 필요할 때는 그것들이 자신에게 찾아오질 않고, 노년에 이르러 간절하게 필요하지 않은데도 그것들이 자신에게 다가왔다고 한다. 시인은 이 모순마저도 넉넉한 마음으로 긍정하면서 자신에게 다가온 "돈"과 "여자"를 아끼고 사랑하겠다고 다짐한다. 이 시집에는 이런 차원에서 이 땅의 대표적인 서정 시인으로서 반세기를 살아온 나태주 시인이 자신의 삶 혹은 시간에 대해 성찰적으로 돌아보는 시편들이 적지 않다. 그 가운데 시간에 대한 인식을 보여주는 시편들이 흥미롭다. 시간은 인간의 한계를 규정해 주는 가장 기본적인 요소이지만, 다른 한편으로는 그 한계를 정신과 상상의 차원에서 극복하게 하는 매개 역할을 한다.

지상의 모든 시간은
사람을 기다려 주지 않는다

기차도 사람을 기다려 주지 않고
계절도 꽃도 사람을 기다려주지 않고
내 앞에 앉아서 웃고 있는 너도
나를 기다려 주지 않는 것은 마찬가지

어찌할 텐가?

더욱 열심히 살고
더욱 열심히 사랑할 밖에는
달리 길은 없다.
　　　—「지상의 시간」 전문

　이 시에서 "지상의 모든 시간"은 인간으로서의 한계 상황을 의미
한다. 그것은 "사람을 기다려주지 않는다"고 한다. 그것은 일상 생
활에서도 마찬가지여서 "기차도" 시간이 지나면 지나가고, "계절도
꽃도" 시간의 흐름에 따라 지나가 버린다. 심지어는 "내 앞에 앉아
서 웃고 있는 너"마저도 "기다려주지 않는 것은 마찬가지"이다. 이
처럼 세상의 모든 것은 시간의 흐름에 따라 사라지고 사랑하는 사람
마저 언젠가는 떠나야 할 대상일 뿐이다. 이와 같은 시간의 한계에
대한 인식은 인간의 한계에 대한 인식과 다르지 않다. 그러나 그러
한 한계를 넘어서는 유일한 길은 "더욱 열심히 살고/ 더욱 열심히 사
랑"하는 것이다. 인간의 삶에서 이상을 추구하지만 완전한 이상은
없고, 영원한 사랑을 추구하지만 그런 사랑은 없다. 다만 그 추구심

이 영원히 있을 따름이다. 인간의 삶과 사랑이 영원하다는 것은 그처럼 완전한 것을 향한 추구심이 그렇다는 것이다. 중요한 것은 그런 한계에 대한 정직하고 냉정한 성찰이다. 부조리한 현실의 삶을 살아가면서 인간적 한계를 인정하는 동시에 그것을 극복하기 위해서 더 열심히 살고 사랑하겠다는 것, 이 지상에서 그 이상의 지혜로운 생각을 찾기는 어렵다. 이 지혜가 바로 나태주 시인이 많은 연륜에도 불구하고 영원한 현역 시인으로서 젊은 감각을 유지하면서 시를 쓰는 비결이다.

진정한 삶의 지혜는 시간의 종말 혹은 죽음마저도 삶의 일부처럼 여기는 넉넉한 마음에서 우러나온다. 예로부터 선현군자들은 죽음을 삶의 일부로 여기면서 그것을 결코 두려워하지 않았다. 나태주 시인의 그런 인식은 종교적 차원에서의 윤회 사상이나 재생 신화보다는 한 생명으로서의 생태적 순환에 대한 사유와 관계 깊다.

될수록 건강한 나무
정갈한 나무 하나를 골라
그 아래 심어다오

시를 세상보다 사랑하고
사람보다 좋아한 사람
잘 살다 살다 갔음
이제 편안히 누웠음

그냥 그렇게만

묘비에 적을 일이다
유난히 햇빛 곱고 오늘은
바람조차 순하고 맑은 가을날.
　　　―「수목장」부분

　시인은 자신의 생명이 다하는 날 "수목장"을 하고 싶다고 한다. 죽은 사람들 나무 곁에 묻는 "수목장"은 단순한 매장이나 화장보다도 더 생태적인 장례 문화라 할 수 있다. 시인은 만일에 자신이 죽으면 "정갈한 나무"의 "아래 심어다오"라고 말하고 있다. 이 표현 속에는 죽음이란 것이 슬픈 소멸을 의미하는 것이 아니라 새로운 삶의 출발을 뜻하는 것이라는 생각이 담겨 있다. 죽은 뒤에 자신을 묻어 달라고 하지 않고 "심어다오"라고 함으로써 죽음을 새로운 정신이 탄생하는 계기로 삼는 것이다. 새로운 정신이란 "시를 세상보다 사랑하고/ 사람보다 좋아한 사람"이라는 것이다. 시를 이토록 죽음과 그 이후까지도 사랑하겠다는 마음은 이즈음 세상에서 찾아보기 어려운 시적 장인 정신이라 할 수 있다. 이런 생각은 "날마다 쓰는 시가/ 그대로 무덤인데/ 무슨 무덤을 또/ 남긴단 말이냐?"(「시인 무덤」 전문)에서도 흥미롭게 드러난다.

하늘의 꽃, 땅 위의 별

　나태주 시인은 이즈음 한국 시단에서 누구보다도 인기가 많다. 그의 시와 시집들은 다른 어떤 젊은 시인이나 중견 시인의 것들보다 소비가 잘 되고 있다. 문화적 소비가 영상물에 치중되고 있는 오늘의 현실을 감안할 때 아주 독특한 사례라고 할 만하다. 그의 시가 인기를 끄는 이유는 소통과 공감의 측면에서 단연 앞서나가기 때문이다. 그는 그야말로 '누구나 읽어도 이해가 되지만, 아무나 쓸 수 없는 시'를 쓴다. 그의 시는 진솔한 체험을 바탕으로 일상 언어와 간명한 표현을 지향하면서 최근 우리 시가 당면한 소통과 공감의 부재 문제를 해결한다. 나태주 시 가운데 요즈음 인구에 자주 회자되는 시 "자세히 보아야 예쁘다/ 오래 보아야 사랑스럽다/ 너도 그렇다"(「풀꽃」 전문)를 보면 그런 면모를 유감없이 보여준다. 4행의 짧고 간명한 표현 속에 진정한 아름다움이란 "자세히" 그리고 "오래 보아야" 알 수 있다는 점을 표현했다. 나아가 그 대상이 "너"라고 지시함으로써 독자들과의 심미적 공감대를 형성하고 있다.

이 시집에 자주 등장하는 간명한 시편들은 「풀꽃」과 같이 소통과 공감의 순발력을 발휘하면서 누구나 읽기에 용이한 특성을 보여준다. 특히 1부에 실린 대부분의 시편들은 10행 이내의 짧은 형식을 보여주고 있는데, 시상은 단순해 보이지만 음미할수록 깊은 맛이 솟아나오는 가편佳篇들이 적지 않다. 이 시집의 짧은 시 중에 단연 돋보이는 명품을 하나 살펴본다.

하늘의 꽃처럼
땅 위의 별처럼

내게는 바로 너
가슴속의 시.
— 「너」 전문

이 시가 보여주는 상상의 경지는 아주 흥미롭다. 불과 2행 2연 총 4행에 불과한 시지만, 그 함축적 내용은 대형 서사시의 그것에 비교할 만큼 많은 것들을 내포하고 있다. 1연의 "하늘의 꽃"은 하늘과 지상이, "땅 위의 별"은 지상과 하늘이 혼연일체가 되어 만들어내는 조화로운 곳이다. 그곳은 천지의 구분이 없듯이 빈부의 차이도, 비천의 차이도, 남녀의 차이도, 삶과 죽음의 차이도 없는 세계이다. 다시 말하면 하늘과 땅, 그리고 인간이 조화롭게 어우러지는 전일적 유토피아의 세계이다. 시인은 이런 이상 세계를 감각하고자 하는 열망으로 시를 써 온 것이다. 이런 세계에 대한 감각은 "하늘에 입술을 댄다/ 땅에 입술을 댄다/ 때로는 강물에 들판에/ 바다에도 입술을 댄다// 스스로 거룩해지는 날이다."(「입술」 전문)와 같은 적극적인 시적 실천을 통해서만 가능하다. 이때 "나"로 등장하는 시인은 지상과 하늘을 매개하는 존재로서 우주수와도 같은 역할을 하는 존재이다. 따라서 나태주 시의 순수 서정시는 작은 것들을 통해 거대한 우주와 인생의 우여한 곡절들을 시적 서정으로 높고 넓게 승화시키고 있다. "가슴 속의 시"가 되어 "하늘의 꽃처럼/ 땅 위의 별처럼"!

나태주 시집

틀렸다

초판 1쇄 2017년 2월 20일
초판 2쇄 2019년 11월 5일
지 은 이 나태주
펴 낸 이 반송림
편집디자인 김지호
펴 낸 곳 도서출판 지혜 • 계간시전문지 애지
기획위원 반경환 이형권 황정산
주   소 34624 대전광역시 동구 태전로 57, 2층 도서출판 지혜 (삼성동)
전   화 042-625-1140
팩   스 042-627-1140
전자우편 ejisarang@hanmail.net
애지카페 cafe.daum.net/ejiliterature

ISBN 979-11-5728-219-7 03810
값   11,000원

이 책의 판권은 지은이와 도서출판 지혜에 있습니다.
양측의 서면 동의 없는 무단 전제 및 복제를 금합니다.

나태주

나태주 시인은 1945년 충남 서천에서 출생하여 1971년 《서울신문》 신춘문예로 등단하였고, 1973년 첫 시집 『대숲 아래서』를 출간한 이래 『막동리 소묘』, 『산촌엽서』, 『눈부신 속살』, 『황홀극치』, 『세상을 껴안다』, 『한들한들』 등 36권의 개인 시집을 출간했다. 산문집으로는 『풀꽃과 놀다』, 『시를 찾아 떠나다』, 『사랑은 언제나 서툴다』, 『날마다 이 세상 첫날처럼』 등 10여 권을 출간했고, 동화집 『외톨이』(윤문영 그림), 시화집 『사랑하는 마음 내게 있어도』, 『너도 그렇다』 등을 출간했다. 이밖에도 사진시집 『비단강을 건너다』(김혜식 사진), 『풀꽃 향기 한줌』(김혜식 사진) 등을 출간했고, 선시집 『추억의 묶음』, 『멀리서 빈다』, 『사랑, 거짓말』, 『풀꽃』, 『꽃을 보듯 너를 본다』 등을 출간했으며, 시화집 『선물』(윤문영 그림)을 출간했다. 나태주 시집 『꽃을 보듯 너를 본다』는 5만권을 출간했고, 지금도 베스트 셀러로서 절찬리에 판매되고 있다.

나태주 시인은 흙의 문학상, 충청남도문화상, 현대불교문학상, 박용래문학상, 시와 시학상, 편운문학상, 한국시인협회상, 정지용문학상 등을 수상했고, 충남문인협회 회장, 공주문인협회 회장, 공주녹색연합 초대대표, 충남시인협회 회장, 한국시인협회 심의위원장을 역임했으며, 현재 공주문화원장으로 활동하고 있다.

이메일 : tj4503@naver.com